片耳の、芒

瀬崎祐

思潮社

片耳の、芒

瀬崎祐

思潮社

目次

装幀＝思潮社装幀室

片耳の、芒

揺れる

湿った季節になり
電車のなかのいたるところに
茸が
びっしりと生えている

十人の客を乗せて
電車は大きく曲がる
思わずつり革をつかんだ手は
九本

しかなかった

揺れるものをつかもうとしなかった手は
代わりに
なにをつかまえれば
安楽の地にたどり着けたのだろう

遠いところから来た人が
背後を過ぎる

暗い雨の匂いが
した

蓮沼

秋がすすむと空の色合いがにじむ　沼の向こうの店先の
旗をはげしく揺らして　妻は　おおぜいの人が怪我をし
たことを伝えている
蓮は沼のよどみに立ち　高みへと背を伸ばす　ひととき
はうなだれて　自分が離れてきた水面の位置をたしかめ
たりもする

浮き葉は　やがて立ち葉へ
背を丸めたものたちがかたむいてしまわないように　葉

を撫でる　葉は　ときに顔を水につけてそのぬるみをた
しかめる　それが蓮がもとめた花までの距離なのだった

泥濘は足をまごつかせる　次のひとあしの決意をにぶら
せる　そんな泥濘に　暗い店先までつづく足形のふちが
崩れている
つぼみのなかでも伸びるものがあって　蠢いていたもの
との距離が離れていく　風の向こうがわへ視線をはなつ

沼のほとりでは　大きな声で誰かが誘われている
ひきのばされた首の痛みをとじこめて　やがて蓮の実は
沼を失って固い殻でおおわれる

沼をわたり　妻は水瓶のなかへ蓮の実を落としている
水瓶のなかの暗いところで　小動物の死を足元に隠して

ぬるみを絡めとろうとする　泥濘のなかで掻きまわされては　沈むものを愛おしく思ってきた
それから華やぐ三晩が過ぎて　そろそろ出ていらっしゃいという声が聞こえる

歪んだ実は　かたむいた家のなかでころがりはじめる
店の裏手から誰かが連れて行かれようとしている

砂時計

砂時計が時間を切りとろうとしている
手足を振りあげることも許されずにいたが　さあ　ここ
からはじめてみろとスタート地点に立たされた
合図とともに砂が落ちはじめる　砂のようにこまかくく
だかれながらわたしも深みへ堕ちていくのだろう

わたしの中にはよびあつめられたものたちが散らばって
いる　それらはおずおずとかたちを変え　触手をのばし
て周りをさぐりはじめる

かたちを変えることによって　あたらしい香りを受けとることもある　離れたところの離れた時間にありながら　意識することによってかたちを変えつづけていく
それがわたしのあたらしい顔つきとなって風の中につきだされる

光の中で微睡むと　まぶたの裏を影がながれていく
こうしてわたしはここを過ぎていくのだから　したたりおちる優しさも背骨をつたわっていく
岬のさきではにぶく照り映える波をかきわけて巨大なタンカーがすぎて行くころだろう　影のかたちはあやふやなままで名前をもとめている　風の向こうに見えはじめるものを淡くしてくれたらよいのだが
それから　懐かしい風景をかきわけていく　夕刻の風は

わたしを押しもどそうとする
河原では幼子をつれた若い母親が歌をうたっている　歌
声が風景を折りかさねて縫いとめる　どこからか甘辛い
スープの匂いもしてくる
幼子にとっても年老いた者にとっても命とは記憶だ　記
憶のうえに明日を書き加えていく　懐かしい風景はやが
て夕闇にかくされていく

散らばるものを見わたせば　身体の中へためていたもの
が美しかったことにあらためて気づく
隘路をぬけてわたしを拡散させていく
時間が切りとられ　わたしは風の中でただ揺れるものと
なっていく

下向

長い階段を降りていると
せなかのあたりで
展示会の準備ができましたと声がする

風が強くなりますから
その前に　早くいらっしゃってください

なんの展示会だったでしょうかと尋ねかえすと
あなたの作品の展示会ではありませんか

と　せなかのあたりの声はいささか不満げだ

地下へまっすぐに向かう階段は光にとぼしい
階段の途中で小柄な老婦人と一緒になる
顔がよくみえないが懐かしい人のようだ

展示室へ行くのでしょう　あそこは好いところですよ
今までのものがなんでも展示されていますからね

わたしに展示に値するものがあったのだろうか　といぶかしい
さあさあと老婦人にやさしくうながされて下へ　下へ
壁のくぼみに取りつけられている受話器を耳にあてる
風の音にまじってかすかな声も聞こえてくる

あなたがさあさあと逡巡しているあいだに

こちらはもう　すっかり日暮れてしまいました

これは誰の声なのか　いつの声なのか
遠くにつながった回線のもう片方は
どこで　なにをとらえようとしているのか
北の大陸をわたる風の音が
わたしの奥ふかいところからつたわってくる

水面夢

昼さがりの夢の表面がゆれる
語りかけるものとさえぎるものがゆれているのだ
水面からは　ときおりこわれた機械のようなものが突き
でてきたりする

夢のなかでは　下生えが刈りとられた斜面を徘徊してい
る　妻と一緒にさがしているのは小さな紫色の花だ
いつまでも覚えることのできない名前の花を刻限までに
さがすことが大切だと妻は言う　しかし　そんなにも大

切な花があるのだろうかと訝しい
斜面の下の方では　老人たちが酒を飲みながら卑猥な話に夢中になっている　花の場所のかたむきはますます急になっていく

夢のなかでは　ふるえる幼子の手をとり温めようとする　訪れた地をおおっているたくさんの声をたしかめようとしている
冷たい指はなにもつかもうとはしない　つかむものを忘れてしまったのか　しかしこんな日だからこそ幼子を訪れてくる人がいるのかもしれない
あふれるような土産ものが温かいものだとよいのだが
ほら　家では誰かを出迎えようと急ぐ妻の足音もきこえる

妻は身体を温める薬湯をほしがるのだが　夢から覚めて
しまえば　もうそんなものは手に入らない
吹きつける風をさえぎるものもなく　花びらは息を苦し
くするほどに舞っている　迎えを急ぐ顔つきが記憶をぬ
りかえる　つめたい葉ずれの音が肌をなでている
水面から突きでたものが乾くまでのひとときがあり　妻
はかすかな甘みの花びらを愛おしんでいる

夢でおおわれた水面をこえていく
いくら肌をなでても幼子は淋しさからはもう戻れない
語りかけるものを葉ずれの音がかくしている

乾いた視界

男のまぶたの中に飛びこんだ小虫は
涙に流されまいとして
足の先の小さな鉤を角膜に突きたてる
そして
次第に角膜のなかへ身体を溶けこませていく

外の風景が網膜に映るとき
小虫の影が大切なかたちを曖昧にする
すると　ものの名前も曖昧になっていく

産みつけられた小虫のたまごが
ごろごろと男の目のなかでころがりはじめる
男の風景もころがりはじめる
男も丘をころがっていく

もう立ちあがるものもない

季節がめぐり
涙は失われたままとなる
男は乾いた季節のなかで風にくだけていく

陰花

わたしが扉をあけると　三人のよく似た顔の従兄弟たち
がふりむいた　病にたおれたわたしを庇って　従兄弟た
ちは海藻を運びつづけてくれた
薄もやがたちこめはじめた　彼らは夜明けまでにたばね
られた海藻を岬のさきまで運ぼうとしている　海水を
たっぷりとまとった海藻はおもいのだ　きっと担いだ肩
にのしかかるだろう　そのうえ　船着き場までの道もあ
れている

そんな従兄弟たちの腰のあたりには　運びつづけてきた
ものと同じ海藻が生えてきている　花から叛かれた生命
は触れたものに繁殖するのだ　ときをつなげるために
触れた皮膚をめくり　暗いところに胞子をもぐりこませ
るのだ
彼らの腰のあたりの海藻は　背骨のすこし左側で紫色に
けむるあたりから　薄もやをつつみこもうとしている

海藻のからみあった部分はゆっくりと蠢いていて　まさ
ぐる人さし指があたたくとらえられる　指はぬめぬめと
口でくわえられているようで　まるで自分たち自身も海
の底でゆらいでいる海藻になったようだと　従兄弟たち
はいう
彼らがうっとりとしてあおむけに身体をよこたえようと
すると　もうひとときは漂っていたいから我慢してほし

いなあと声がきこえてくるという　そこで身体を横に向けると　やがて寝息のようなものが静かにきこえはじめるという

わたしを庇って岬へ向かう従兄弟たちの船が　今夜も淡い影となって見える
身体を海藻だらけにして必死に船をあやつる従兄弟たちをおもえば　自分の快癒を求めているうしろめたさに
わたしは呆然となる　そんなときに　わたしの腰のあたりから　もう我慢しなくていいのだからという声がきこえる　解きはなたれたその声を従兄弟たちにもきかせてやりたいと　わたしは秘かにおもう
ここではやさしい愛撫がすべてだ　わたしの腰のあたりが薄もやにつつまれている

水門のあたりで

小さな笹舟に言葉をつめて
水門の向こうにそっと押しやる
まだ逆さ文字のままなので手練れの職人にしか読めないが
流れの言葉を伝えることは大事だ

水門が閉じられる夕刻になると
支流から本流へと去っていったものたちのことを思う
あたりには伝えきれなかった草花の形容詞も漂っている
そんな破片を示す指の形がもどかしい

水面が細かく波だつ
疎水をたどる視線は捻れていく
まさかそのためにあなたと睦まじくなるとは思っていなかった
捻れは身をよじるように痛がっていたが
風が冷たくなってきたのはそのせいだろうか
まだ暮れませんか
分水嶺からの一途な思いが暮れようとしていくなかで
本当は視線を慕った言葉が捻れていたのだ
だからあの捻れをたどった先で膨らんでいるものの恐ろしさは
わたしもよく知っている

きしむ門扉はあふれようとする捻れを貯めている
そのたわめられた胸のような部分もやはり痛がっている
膨らみの位置もかすんできて
はたして膨らんでいるのかどうかさえも

薄日のなかで見分けがつかなくなってきた

あの膨らみの中にあなたはいるのだろうか
暮れようとして　まだ暮れない　まだ暮れない

わたしは水門の傍らに立ちつくしている
草花の形容詞が乱舞している
笹舟がくるくるとまわり
やがて隠れていた渦の中にまぎれていく
残されたわたしは立ちつくしている
あなたと睦まじくなったので
流れの言葉は逆さ文字のそのままで捻れはじめてしまった
とでもいうのだろうか

訪問船

船が降りてくるそうだという噂が街に流れはじめている
それは雨期がおとずれる前からささやかれていた噂だっ
たが　人びとは半信半疑だったのだ　これまでにも幾度
ともなく同じ噂が流れ　そのたびにささやかな期待は裏
切られてきたからだ
しかし　今回の噂には信憑性があると街の電信技師は言
う　たしかな信号を受信したのだ　もう船はそこまで来
ていると

超えることのできない高い城壁で囲まれたこの街には小さな城門があるだけで　そこから外へ出て行こうとする者はいなかった　人びとは自らを閉じこめるために城壁を築いたのだったから　そのために　今では城壁の壊し方を知る者もいなくなってしまった
街の中央の広場には船の発着場がつくられている　船はそこへ空から降りてくるはずだった　人びとはそう聞かされてきたのだが　はたして誰が教えてくれたことだったのかは　誰も覚えてはいない

船には食料や水が積みこまれているはずだった　街の人は空腹でもあったが特に喉の渇きに耐えていた　なによりも身体を潤すことを欲していたのだ
人びとの皮膚は乾ききっており　しなやかさを失っていた　もはや感情をあらわす際の表情をつくることもでき

なかった　すると感情も失われていった　体臭も失われ　排泄物も失われた　ただ唇を動かさずに発する音のような言葉だけが残されていた　風の強い日には　その言葉があちらこちらで重なりあっては城壁を越えていった

船に乗りこむことができたら快楽が味わえるだろうと期待している者もいる

船には乗りこんだ人の身体に合わせて包みこむように形を変える部屋があるというのだ　異国の香りのする粘稠な液体にまみれながら　その部屋のなかで人の身体は柔らかくなり　次第に形を失っていくというのだ

それればかりではない　その人は粘稠な液体となって新たな人との融合を果たすというのだ　それが快楽以外の何ものであろうかと　人は思うのである

こうして街の人びとは船が降りてくるのを待っている
今のこの苦痛は船が降りてくるまでの試練に過ぎないの
だと自分に言いきかせながら　明日にも船がわれわれの
もとへ降りてくるだろうと言いきかせながら
船は待っている人のところに降りてくるのだ　本当に
待っていれば船は降りてくるのだ
電信技師はすでに幽閉されている

使者

いくらか湿り気をおびた土間にあつまった人びとは　まずあたたかい飴湯をまわし飲んだ　かすかな腐臭がまじったねっとりとした甘味が喉をすべり落ちていくやがて人びとの前に使者があらわれる　人びとは大いなるものについての知らせを聞きに集まったのだが　使者はいつまでも口をつぐんでいる　使者は伝えるべきものを名指しすることができないのだった　いつまでも届けられない知らせの予兆だけがうす暗い土間に漂っている

正しく言葉を伝えることが使命であったから　自らの言葉を持つことを使者は禁じられている　それは　自らの判断を放棄したところから使命がはじまるということであり　自らの影を可能なかぎり薄くするということでもあった　戸口の外には明るい日差しがあふれている　通りは誰も通らない

しかし大いなるものは　ときに色であり音であり形であった　たがいに求めあうものを遠くへ離さなければならなかった　建物のあいだを抜けるときに風がたどる声がある

土間にはかたむいた午後の光がさしこんでいる　それではお前の番だといわれて　襤褸の母親が乳飲み子を抱いてたちあがる　人びとが囃したてるなかで　母親はもういちどあたたかい飴湯を飲み　それから新たな使者とし

て走りはじめる

片脚を失った者　あるいは片眼を失った者　どの使者も　走りつづけるうちにそろったものの一方を失う

(風は去りました

(あとは　腰のあたりから少しずつ広がってくる柔らかい触手のようなものが気になります

そのころ　土間の裏手では　どこからか集められてきた肉塊がおおきな鍋で煮つめられている　肉塊は　長い枯れ木のようであったり丸い石のようであったりする　老婆たちによってねっとりとにごった汁のなかに沈められたそれらは　ときおり汁の表面に浮かんできては声のようなものを発している

あらがうこともなく　わたしもまた使者のひとりだっ

た　戸口の外の明るい通りをわたしが走りすぎていくのが見える

ミカサ屋

駅前から北にのびる花見小路にあるミカサ屋はラーメン専門店だ　せまいカウンターの奥で　無口な店主はいつも黙ってラーメンを作っている　メニューには餃子もない　担々麺もない　炒飯もない　しかしミカサ屋のラーメンを食べた人は誰もがおいしいという　誰もがもう一度食べたいという　静かにひっそりと建っている店だ

でも昔はそうではなかったと古くからの客はいう　そうだった　店主は話し好きで　小太りの奥さんもいて　会

話を楽しめるにぎやかな店だった　メニューにも廃墟の餃子定食とか寒空の担々麵定食とかがあった　それに店ができたときは　店の屋号はもっと長いものだった　たしか「遙かなるミカサ屋」という名前だった

その頃は　店の中では大きな声で歌をうたうようにうながされた　このにぎやかな店の中では誰にも言葉は届かないのだから　せめて歌でもうたわなければならないと　カウンターの奥からラーメンをさしだしながら　店主は真顔で力説するのだった　たしかに　うたっていればにぎやかで陽気な気分になれる店だった

そのうちに小太りだった奥さんは瘦せてきた　普通の体型を通りこして針金のような体つきになっていった　身体の栄養分がしだいにどこかへ溶けだして　骨の形だけ

が残っていくようだった　やがて奥さんの身体は手や足などの末梢部分から透きとおりはじめた　最後に唇が透きとおると　奥さんは誰にも見えなくなった

それとともに話し好きだった店主の会話も減っていった　そして「遙かなるミカサ屋」はただの「ミカサ屋」になった　遙かなるものをラーメンスープの中に溶けこませてしまったのだった　そのスープを飲みこんだ者の食道や腸管はどんどんとひきのばされる　快感とともに遙かなるものの所までひきのばされるのだった

今ではメニューはラーメンだけになったので　訪れた客がわざわざ品名を注文することもなくなった　こうして店内は静かになっていった　歌をうたうものはもう誰もいない　客は会話をすることもなく　ただミカサ屋の遙

かなるラーメンを食べていく　いっさいの言葉がなくなり　店内にはラーメンの味だけが残ったのだ

そんなミカサ屋に行こうとすると　近ごろは道に迷うようになった　訪ねようとするたびに　ミカサ屋の場所が変わっているようなのだ　花見小路は見通しがいいはずなのに　ミカサ屋はいつも何かの陰になる場所に建っている　たどり着けなかった日には　唇の傍らに吹き出物があらわれる　ミカサ屋の店主が痩せてきている

隘路

路地をうろつく黒犬がわたしたちを見る
わたしの傍らで　そうです　と妻が言った
しばらくして　そうです　と娘も言った

通りのむこうを
老婆たちが一列にならんでうつむいて歩いていてるが
妻や娘には見えない人たちなのだろう

そんな黄昏どきだ

赤い屋根の建物がよそよそしい

老婆たちが孕んでいたものは
あたたかいままだろうか
それは命のたどりついた先にも待つものなのだろう

こうして曲がりくねった隘路をたどりながら
目の形を溶かして　ふたたび目の形へ
耳の形を溶かして　ふたたび耳の形へ

妻や娘を置き去りにして
わたしの声は遠吠えのようだ

咆哮

ガラスの器の中に狼が隠れていると幼子が言う。それならば見ておいで。わたしは左手を背後に隠したままでゆっくりと器に入っていく。

昨日は日暮れてから街の方へ向かうとき　欠けたものへ向かっていると思っていた。わたしの道すじは　どこまでも洞窟の中にあるようだった。

わたしを罵倒する人たちが足元のあたりで苦い。しか

し　そんな人たちに囲まれることで　わたしの領域ははじめて認識される。世の中は皮肉なことばかりだ。

幼子が器の外で囃したてている。お前もいつかはこうして器に入る日がくるのだから　今は思いきり喜んでいればいいのだよ。引きのばされた声が愛おしい。

洞窟はどこかへいたるための通路ではなかった。もしかすれば　洞窟は見られることをかわすための場所として存在しているのかもしれない。

途中の壁のくぼみには黒ずんだ枇杷が供えられている。すべては　洞窟を包囲する人たちの悪意から始まっている。わたしにはその悪意を翻すことができない。

街はいつまでも遠い。ひきかえして　枇杷の傍らの扉をくぐりぬけたほうがよいのだろうか。まるでわたしは血を欲している狼ではないか。

踏み越えてきた距離が目の前によこたえられている。見えているのに　消えているのに。行き止まりに向かって　わたしはいつまでも吠えている。

幸せピンポン

お昼ご飯がおわる頃になると
ナカモト君はわたしの部屋にやってきてピンポンをする
昨日はきれいなお姉さんを連れてきて楽しそうだった
今日はあごひげを生やしたおじいさんが相手だ
長年経理の仕事をしてきたスギムラさんだと紹介される
わたしが研究成果をまとめているというのに
そんなことにはおかまいなしにピンポンをする

ナカモト君の打った球はときどき逸れる

そしてわたしの研究成果のなかをよこぎったりもする
わたしは　もうピンポンを止めてくれとナカモト君に言った
すると　ナカモト君は意外なことを言われたという顔つきになった
だってピンポンの音を聞くのは楽しいことだよ
ピンポンの白い玉が弾むのを見るのは楽しいことだよ
それに
ピンポンをする人が近くにいるのは幸せなことだよ

ナカモト君が努力していることはよくわかる
世界中の人に幸せを届けようとして
いろいろな部屋に入り込んではピンポンをしていることも知っている
毎日の相手を探すのだって容易なことではない
この人ならば幸せピンポンをしてくれるのではないかと思って
一緒にこの部屋にやってくるのだろう
ナカモト君の気づかいもよくわかる

でも　もう充分なのだ
この部屋でピンポンをするのは止めてくれ
軽く弾む白い玉がネットを越えて行き来するのを
向こうへ行ってしまったと思ったわたしの幸せが
またもや打ち返されてもどってくるのを
固唾をのんで見ていることにはもう疲れたのだ
この部屋でやるなら
どこまでも球を遠くにとばしてしまう野球にしてくれ
どこまでも身体ごと遠くへ駆けていくラグビーにしてくれ

それなのに
いつのまにか
わたしの部屋のなかはピンポンをする人たちでいっぱいになっている
あちらには妻や娘の姿も見える

くったくのない笑顔でピンポンを楽しんでいるようだ

白い玉になったわたしはナカモト君に打ち返されている
軽い音をたてて台のうえで弾み
それから　スギムラさんに打ち返されている
白い玉になったわたしは
いろいろな人のあいだを行ったり来たりしてしている
これがわたしの幸せというものだろうか

砂部屋

庭に面した古い廊下は　いたるところで曲がっている
刻限はせまり　声変わりをしたばかりのお前と　急がなければと気持ちが焦っている
そんなわたしたちを　頬に傷のある人々が罵りあいながら追い越していく　ときおり老婆もわたしたちを追い越していく　かれらの後ろ姿に　お前は大人びた口調であいさつをする　すっかりと日暮れて　左手にあるはずの庭は闇にまぎれこんでいる

暗い部屋を囲う障子の隙間からは　乾いた砂が　かすかな音を立てて廊下にながれでてくる　すでに廊下はうすく砂で覆われはじめている
部屋のなかからは　はげしい風の音がする　それに混じって　ときおり鳥が羽ばたく音も聞こえてくる　鳥は　必死に風にあらがっているのだろう
そんな部屋のなかへ　人々は忘れたいものを投げすててきた　忘れられることに耐えきれなくなったそれらがついには　見える場所へあふれてきているのだろう

砂のなかには　くだけた鳥の目玉や　乱暴にむしられた羽根のかけらのようなものも　混じっている
それらを踏みつぶさないように　わたしたちは慎重に足を踏みだす　すると　砂のなかから滲みでてくるものがあって　足裏に粘りつく

もう熟れてしまう年月になったのだろうよ　と　追い越
しざまに老婆がささやく　鳥もやみくもに羽ばたきすぎ
たからねえ　とも

お前と二人で旅立つつもりだったのに　その準備をなに
もしてきていないことに気づく　こんな無防備な姿で旅
立つことができるのだろうか
世間には疎いお前を背負ってやろうと思う　お前は急ぐ
ことができないし　上手に鳥の目玉を避けて歩くこと
も　まだできないのだから
今では声変わりをしてしまったお前だが　わたしの背で
もういちどすべてを委ねてくれたら　どんなに幸せだろ
うと　わたしはうっとりとする

いくつかの角を曲がると　廊下は行き止まりになってい

て　このあたりでは　鳥の羽ばたく音は悲鳴のようにも
聞こえる
ぼんやりとした灯りに振りかえると　お前の姿がない
これだけお前を大事にしてきたのに　刻限はすぎてし
まったのだろうか
足元を見ると　さきほどわたしたちを追い越していった
頬に傷のある人が横たわっていて　あの子は老婆に連れ
られていったよ　と教えてくれる
お前がいなくなったのでは　旅立つことなどとてもでき
ないなと　わたしは廊下にたたずんでいる

暗い部屋のなかでは
風化した鳥の羽根をむしっているお前がいる
お前は一心不乱に鳥の頭をくだいている
お前の足元は砂で埋もれてきている

砂嘴

乾ききった皮膚のなかから砂が湧いている
そのために本を取ろうとしたときに指先でじゃりじゃり
と音がした　厚い革表紙がこすれて小さな傷がついたの
かもしれない
いつも本はこうして傷つけられていく

砂嘴の先端に立って　波の向こうにそびえる高い塔を視
ていた　形をもたずにあいだに漂っているものを視てし
まおうとしていた

それは　触れようとして指のあいだからこぼれるものを
赦そうとしなくなることだ　塔の内部に隠された暗い階
段をどこまでもくだりつづけるようなことだ
わたしは砂嘴の先端で張りつめたものを身体から逃が
し　水のなかに揺らぐ藻の形を真似ている

警告の言葉を聞いたような気もした
しかし　振りかえったときにすでに塔は消えていた　長
い年月をかけて造りあげられたものも　眼をそらしただ
けで消えることを知った　あの営為の日々は何だったの
か　たしかめる形が失われれば営為は残らない
消えた跡に風が吹きぬけ砂がとんでくる　見えないだけ
で本当はそこに未だ存在しているかのような痛みが残っ
ている

それからは　欠けた風景に形が吸いこまれていった　名前のあるものも吸いこまれていった
意識したときにそれらは存在することを罰せられているようだ　形と重さをもたないものだけが赦されて　いつまでも砂嘴の上を漂っている　だから　気がつかないふりをしていなければならなかった
堅く突きあたった頤の部分は青く覆われて　記述から忘れられようとしている

海に突きでた砂嘴は　風におされて鉤のようにたわんでいく
書かれた文字もこすれて読みにくくなっていく　文字の孕んでいた意味が砂に削りとられていく
わたしの指先のいたるところから耐えていたものが紅く流れはじめている

かたむいて

休日の朝は
早くから庭でかすかな物音がする
そっと門扉を開けてやってきた幼子が
如雨露で草花に水をやろうとしているのだ

大きな如雨露はブリキでできていて
銀色に光る首の部分が長い
そのなかで水はかたむき
如雨露をささえる幼子の一生懸命さもかたむく

丸い地球を半分に切ってさ
そこに家を建てたらさ
地球は空の上でぐらぐら揺れてさ
どの家もみんな宇宙にすべり落ちていくよね

児童公園のシーソーにのった幼子は
反対側でなにかを引きうけてくれた人の重さで
空にむかってのぼっていく

シーソーに乗った幼子は
自分の重さだけでは地にもどれないことを
訝しく思っている
空にむかってのぼってしまった身体を
自分のものではないかのように思っている

訝しさも忘れるほどにたくさんの休日の朝がすぎて
水のかたむきにも耐えて
ある日ふいに
幼子の一生懸命さが地に戻ってくる

かたむいていたものは空のどこかにおき忘れて

黄昏

いつまでもつづく貨物列車がとおりすぎていく　その傍
らでわたしの視線は飽きている
コンテナが積まれた台車がいくつもつづき　ときおり空
の台車がまぎれこんでいる　そのときだけコンテナに遮
られていた赤い屋根の家が向こうに見える
わたしのなかにも気持ちが空白のときにしか見えない家
がある　そこに住んでいる麗人は　見えていないときに
は何をしているのだろうか

家のなかで麗人は病に伏している
午睡からさめたときのかすかな熱が　曲がりにくくなった細い指をあたためている　とおりすぎる貨物列車を見ようと麗人がたちあがると　長い袖がひるがえりかすかな風がおきる
風は花火のように爆ぜるものを抱えて海へ急ぐ　半島からの貨物も海へはこばれていく
風花が舞う　かすかな熱に風花がとまどう　半島をおおうように風花が舞う　貨物列車を導く鉄路がにぶく光りながら丘を越えていく

黄昏にみずからかたむいた花々が　その色彩をおぼろげにしてゆき　半島から鉄路を走ってきた人の笑い声とすれちがう
(哀しいことなんかなにもなかったさ

（かたむく花々はみんな忘れてきたのだから
花々を背にして　麗人はさらにかたむいていく
（倒れることが怖ろしいときはもう過ぎました
ひとときまぶしく目を射た光が　もうじき終わろうとし
ている

燎火

陽がおちてあたりに冷気が充ちてくると　もう飲水はゆるされない
肩や背中から　そして下半身をおおった薄衣をとおして
身体のなかにも冷気が充ちてくると　わたしのなかから
水が湧いてくる　やがて　耐えていたものが溢れるように　わたしの指先から雫がたれる
それが刻限を知らせ　わたしは燎火の準備をはじめる
崩れかけた土塀をこえて河に突きあたる手前に　燎火の

場所がある
背丈ほどにのびて立ち枯れている草にかこまれ　きれい
にならされた地には石が組まれている　はるか以前から
一族に受けつがれてきた場所だ
ここからはじまる火を　わたしはおこす

すでに　燃やされるためのさまざまな形のものは片隅に
あつめられている
炎となるために異国から持ちかえられたものもある　乾
いた抜け殻のようなそれは軽く　揺さぶればかすかな音
が内部からきこえる
閉じこめられたものが炎となるときを待っている

まず肌触りのよいやわらかなものを火種にする　それら
のものはすぐに燃えあがり　なんの気配も残さずにすぐ

に立ち去ろうとする
そのうしろ姿に声をかけて　もう少しだけ固いものに炎を受けつがせる　わたしの指先の雫がかすかな音をたてて蒸発するのはこんなときだ
少しだけ固いものは　少しだけ未練を残して立ち去ろうとする

こうして次第に未練がましくなるものに炎を移していくのだが　ついには　炎のなかから叫び声のようなものが聞こえはじめる
いまや　わたしの身体もすべての部分から雫をまき散らしていて　それに抗うように　炎の声も大きくなってくる　やがて炎は固く伸びきったものにたどりつく
月明かりの下で炎が燃え移ったとき　それは焦げていく骨の匂いがする

訪問販売人の記録

歯科医院の診察室で鞄から取りだした見本は　いくらか湿っているようだった　おまけに　手足の切れ端のようなものが付いていたり　神経の束のようなものがぶら下がったりしている　使用方法を説明しようとして　私はこんなものを取りだしてしまったことに困惑している　顔の小さな先生はそんな私を慈しんでいるようだ　ついでに歯を削ってあげましょう　訪問販売をしていれば歯は痛むものですよ　顔の小さな先生は私の口の中をのぞき込みながらくりかえす　ちぎれた神経の先端が昨日の

辺りをなでまわしているから苦しいのですよ

私の予定はすでに決められている　制服に着替えるために待合室の扉を開けると　そこでは古書の展示販売が行われていた　声だかに売り買いをしている人たちの指先はそれぞれに書物の表紙のかたちを撫でていて　油分でぬめった言葉が売られようとしている　私のロッカーの前では二人の男女が横たわって情交におよんでいる　彼らは言葉を求める人に踏みつけられてしまいそうだ　ロッカーの扉を開けるために　すみませんね　と声をかけると　あら　と二人は驚いたような貌をして身を整えて立ち去っていく

訪問販売も情交も　見られたものは名付けられるためにひしめいている　視神経はどこかでささくれだってい

る　やがて視界をさえぎっていたスクリーンが裂けて向こうの世界がひろがる　私の鞄にはこれからなにが届けられるというのだろう　今は目録の言葉ばかりが頼りだ　だから決断はいつも一呼吸だけ遅れる　着替えの制服には見知らぬ名前の名札が付いている　私の名前は変えられたのかもしれない　訪問販売をしている私の一部も次々に売られているわけだ　名前など　形が変われば変えられてしまうものだ

歯科医院の廊下をいくつか曲がった辺りで幼子の泣く声がする　顔の小さな先生が待っている部屋に戻り　目が見えなくなる前に名前を返して下さいと懇願する　ああ　それはもう金庫にしまってしまったぞ　顔の小さな先生はまた困った顔をする　どこまでも気のよさそうな先生だ　こちらが玄関のはずだがと診察室からまわろう

とするが　私は靴を履き替えることを忘れていた　そこで待っていた顔の小さな先生は白衣の名札をはずして別人のようだ

今ごろは遠い国で伝令も走っているのだろう　言葉をかけられるたびに私は小さく分断されていく　湿ったままの神経の束がぶら下がる　あ　という言葉に取り込まれた私は建物のどの辺りにいるのだろう　幼子の泣く声は同じ距離で聞こえ続けている　廊下の曲がり角まで夕暮れがきて待合室には黄色い灯りがついた　腐臭の交じった風が大きな口を開けている　分断されかき混ぜられる手足の切れ端　言葉はいつまでも肉体を裏切る　私が訪問される刻限だ

使命

お前はまず河を渉るべきだと諭される　しかし　舟はどこにあるというのだ
そんな戸惑いに　夜がふければお前の舟は来るはずだと　さらに諭される
水面を隠していた霧が流れ去ると　河の風景が見えてくる　陸路で到着したときには気がつかなかったが　朽ちかけた桟橋さえあるのだった　指先には小さな棘
案内人はいなくなっており　はたして本当に舟が来るのか　いつまでもいぶかしい

それから　夜がかたむいて夢が幾重にも折りたたまれた　今さらのように　舟に乗るということは悪い夢を見ることと同じだったことに気づく
夢のなかでも船底を叩く水音が身体の深みにひびいている　わたしは夢に叩かれているのだった　そしてわたしは発熱しているのだった　身体のなかでたたかうものが愛おしい
折りたたまれた夢には薄布で顔を隠した女があらわれる　熱く膨らんだ額に細い手をおいてくれていた人もいたようだった

舟をおりれば　ここからはひとりだ　角をまがった途端に吹きつけてくる風に　気持ちがささくれだつ
ふりかえる河面にもさざ波がたち　懐かしい人の顔がな

らんでいるように見える　かたむいた夢はまだつづいて
いるのか
おいで　おいで　この河だったのだよ
水面が揺れると　懐かしい人は水面から優しげな手をさ
しのばしてくる

この光景を見ることが使命だったのだろうか
河面からの声が近づいてくる

片耳の、芒

地下道の路面は風に荒れていて　その隅にちぎりとられた片耳が落ちている　片耳はおのれの光を失っていて内側からのかすかな音をたてている　耳は内奥へむかうゆるやかな弧を抱いている
こまかい繊毛におおわれた暗闇の道をたどるのは　どこまでもひきのばされる指先だ　指先に触れる腫れや窪みが苛立たしい

片耳はいなくなったはずの人々の声を聞きとろうとして

いる　声音であのときのあの人だと　今さらながらに気づく　あのときにあの人はこんな声を発していたのだったと　今さらながらに気づく
しかし　あの人がなにへ誘っていたのかを聞きとることは　もはやできない

声がとだえれば　すでに季節は芒だった　耳たぶを擦られた日のあったことが　風の動きでかなたへ伝えられていく　そして片耳のなかに閉じこめられていた闇が解きはなたれていく
暗闇の道をとおりぬけたときにそこに待つのは　どこまでも蒼空だ　片耳のなかへ雲が流れこんでくる
風のなかで　鐙や砧に似たちいさな薄い骨がふるえている　それらは必死に声を伝えているのだ

公園にむかう幼子は　薄紅色に彩られたスキップをしている　跳びこえた歩数だけのふりすてた甘えが残されている　そうして片耳はあのときの声を少しずつ失っていく

どこからか　おーいと呼ぶ声も聞こえる　幼子は少女となり娘となり　やがて老女となり　ふりすてた甘えを呼んでいる　片耳のなかでは気流が渦まき　片耳も蒼空をくるくるとまわっている
耳のなかで芒がゆれている
さがしている声が薄くなりはじめている

雨を忘れる

鯨の親子が泣いている絵を
幼子が描いている
大きな丸と　小さな丸であらわされた鯨は
幼子のなかで
なぜ　泣いたのだろう

降りはじめた雨のなかを
ふたりの中学生が傘をささないままに
横断歩道をわたっていく

かれらが向かう方角には
雨は見えていないのだろう
かれらのなかには
泣いた鯨の親子はもういないのだろう

それでも
わたしが帰る家は
雨の向こうにある

車のワイパーが
思い出したようにときおり雨を拭う
忘れられているわけではないのだな

あとがき

現実の仕事として肉体に長く触れてきた。生命の誕生とその終焉にも関わってきた。それは疑う余地のない価値をともなう実の世界だった。四年前の詩集では、それに拮抗する虚の世界の構築を夢想していた。

しかし、その二つの世界は互いに呼び合い、結びつこうとしているようだった。M・C・エッシャーに「昼と夜」という絵がある。白昼に向かって飛んで行く黒い鳥と夜に向かって飛んで行く白い鳥が、いつしか主体と背景を混然としてしまう絵である。意識をどちらに向けるかによって選び取られる主体の側は決まり、もう一方は背景となってその主体を成り立たせる。同じように、意識を少しずらせるだけで、実と虚は容易に役割を入れ替えるのだった。

感覚で動こうとする部分と理論で動こうとする部分がせめぎあう。

その危ういバランスで感覚は物語へと続き、うねる。
感覚の言葉が流れ、物語の言葉が積み重なる。

カバーには独裁政権下のチュニジアで撮ってきた写真を素材として使ってもらった。雲ひとつない蒼空がひろがり、誰もいない海岸に強い風が音を立てて吹き荒れていた。こんな地にまで来てしまったのかという思いの風景だった。
今回も思潮社の小田久郎氏、小田康之氏にはお世話になった。編集を担当してくれた遠藤みどり氏に感謝します。

瀬崎 祐

瀬崎 祐（せざき ゆう）

一九四七年生まれ、京都大学医学部卒

詩集『眠り足りない微笑』（思潮社）
『帆船・夏の果実について・その他』（海とユリ社）
『風を待つ人々』（思潮社）
『雨降り舞踏団』（思潮社）
『窓都市、水の在りか』（思潮社）

個人誌「風都市」発行　詩誌「ＥＲＡ」「どぅるかまら」同人
ＨＰ「風都市」http://www.geocities.jp/akirin2274/

〒七一〇‐〇〇四七　倉敷市大島四九九の八高橋晃気付

片耳《かたみみ》の、芒《すすき》

著者
瀬崎《せざき》 祐《ゆう》

発行者
小田久郎

発行所
株式会社思潮社
〒一六二―〇八四二 東京都新宿区市谷砂土原町三―十五
電話〇三（三二六七）八一五三（営業）・八一四一（編集）
ＦＡＸ〇三（三二六七）八一四二

印刷
三報社印刷株式会社

製本
小高製本工業株式会社

発行日
二〇一六年十月十五日